Wenn aus Misstrauen Liebe wird

Lovely Hearts 3

Levina Lamur

*Dies ist eine frei erfundene Geschichte.
Ähnlichkeiten mit real existierenden Personen sind
zufällig und nicht beabsichtigt.*

Inhaltsverzeichnis

Kapitel 1	9
Kapitel 2	15
Kapitel 3	18
Kapitel 4	23
Kapitel 5	27
Kapitel 6	37
Kapitel 7	57
Kapitel 8	68
Kapitel 9	80
Kapitel 10	92
Kapitel 11	101

Kapitel 1

Mona war gerade aufgewacht, zog sich dann aber reflexartig die Bettdecke wieder über die roten Locken und kuschelte sich wieder ein. Es war viel zu früh zum Aufstehen … Sie hatte heute doch gar keinen Frühdienst in der Bäckerei! Doch auch durch die Bettdecke konnte sie das aufgeregte Gezwitscher der Vögel draußen hören. Dann registrierte sie noch etwas anderes, den herrlichen Duft von frisch aufgebrühtem Kaffee.
Zögernd schob sie sich die Bettdecke wieder vom Kopf und schnupperte erneut. Kaffee, ja! Drei Tassen davon, dann konnte der Tag beginnen. Schlaftrunken richtete sie sich auf, als es auch schon an ihrer Zimmertür klopfte. Nach Monas «Herein» kam ihre Mutter Sabine mit einem vollbeladenen Tablett herein.

Auf dem Tablett prangte ein
selbstgebackener Kuchen mit ganz
vielen kleinen brennenden Kerzen
darauf und zwei Tassen mit
dampfendem Kaffee.
Sabine lächelte Mona liebevoll an und
intonierte – etwas falsch, aber herzlich -
«Happy Birthday to you, Happy
Birthday to you ...»
Mona grinste, sprang aus dem Bett und
half Sabine, das Tablett auf ihrem
Schreibtisch abzusetzen.
Sabine umarmte Mona liebevoll und
wünschte ihr alles Liebe und Gute zu
ihrem Geburtstag.
Mona erwiderte die Umarmung und
schaute sich dann ihren
Geburtstagskuchen genauer an.
«Schwarzwälder Kirschtorte?»
Sabine nickt. «Klar. Das ist doch deine
Lieblingstorte!»
Mona musterte die brennenden Kerzen.
«21 Kerzen?»

Sabine nickt erneut. «Sicher, heute ist
doch dein 21. Geburtstag, mein Schatz!»
Mona holte tief Luft und blies die
Kerzen aus.
Sabine betrachtete sie liebevoll. «Und
jetzt musst du dir was wünschen!»
Ein Schatten huschte über Monas
Gesicht. Dann sah sie ihre Mutter an.
«Du weißt, was ich mir am meisten
wünsche. Dass Papa noch bei uns wäre
und wir meinen Geburtstag heute alle
zusammen feiern könnten!»
Sabine strich Mona liebevoll über den
Arm. «Das wäre schön. Aber ich bin
mir ganz sicher, dass dein Vater nicht
gewollt hätte, dass wir an diesem Tag
traurig sind. Er hätte sich gewünscht,
dass wir den Start in dein Leben als
Erwachsene feiern! Und er hätte sich
für dich gewünscht, dass du deinen
Traumjob in irgendeinem Luxushotel
auf den Malediven oder in Australien
machen könntest. Stattdessen bist du
bei mir in Hamburg geblieben ...»

Mona wischte den Einwand beiseite.
«Mama, ich mag die Arbeit in unserer Bäckerei und ich wäre als Hotelmanagerin in irgendeinem Luxushotel todunglücklich, wenn ich wüsste, dass du dich hier ganz allein um alles kümmern musst!»
Sabine lächelte Mona an.
«Ach Kind, ich weiß, doch, auf was du alles verzichtest – für mich!»
Bevor Mona widersprechen konnte, wechselte ihre Mutter schnell das Thema.
«Aber darüber wollen wir heute nicht mehr sprechen!»
Sabine überreichte Mona ein hübsch verpacktes kleines Paket. «Hier, dein Geburtstagsgeschenk!»
Mona schaute ihre Mutter neugierig an und öffnete dann das liebevoll verpackte Paket.
Sie packte einen wunderschönen Pullover aus. Er war aus feiner smaragdgrüner Wolle selbst gestrickt

und das smaragdgrün passte ganz
hervorragend zu Monas grünen Augen
und roten Locken.
Mona strahlte ihre Mutter an. «Danke,
Mom! Jetzt weiß ich auch, warum du
dein Strickzeug die ganzen letzten
Wochen immer schnell weggepackt
hast, wenn ich ins Zimmer kam!»
Mona sprang aus dem Bett und zog
sich den Pullover über. Dann schaute
sie in den Spiegel und strahlte erneut.
«Der sieht echt super aus!»
Sabine betrachtete ihr Werk kritisch,
winkte dann aber bescheiden ab.
«Kind, du könntest einen alten
Kartoffelsack anhaben und würdest
immer noch toll aussehen!»
Mona grinste. «Du bist
voreingenommen – du bist meine
Mutter!»
Sabine lächelte und gab Mona noch
einen Stapel Briefe. «Hier, deine
Geburtstagspost, die gestern schon
angekommen ist!»

Mona schnappte sich die Umschläge
und schaute sie kurz durch.
«Hm, mal sehen, wer gratuliert mir
denn?! Der Versicherungsmakler, bei
dem ich meine Haftpflichtversicherung
abgeschlossen habe… .»
Mona kicherte. «Ein Hoch auf die
moderne Datenverarbeitung, die die
Geburtstage aller Kunden speichert …»
Dann schaute sie einen Brief an, dessen
Umschlag aus schwerem Büttenpapier
hergestellt war.
«Komisch, kein Absender, aber
sündhaft teures Papier…. .»
Mona öffnete den Umschlag und
schaute sich erst den Briefkopf an.
Dann blickte sie Sabine fragend an.
«Der Absender ist ein Patrick Vermeer.
Weißt du, wer das ist?»
Sabine wurde stocksteif und schlagartig
weiß wie eine Wand.
Mona reagierte total erschrocken.
«Mom, was ist denn los?!»

Kapitel 2

Viele Kilometer von Mona und Sabine entfernt stand Sven Foster in dem luxuriös eingerichteten Büro seines Chefs Patrick Vermeer in Berlin und war empört.

Sven Foster war mit seinen 29 Jahren ein ausgesprochen gut aussehender Mann. Doch jetzt waren seine sonst so strahlenden blauen Augen ärgerlich zusammengekniffen.

«Ich verstehe nicht, was das soll! Warum willst du ausgerechnet jetzt dieses Mädchen kennen lernen? Du bist 21 Jahre lang ganz gut ohne sie ausgekommen!»

Patrick Vermeer betrachtete seinen Assistenten schweigend und zündete sich dann erst einmal in aller Ruhe seine Pfeife an.

Dann bemerkte er ruhig und sachlich:
«Sie wird heute volljährig und ich habe
große Pläne mit ihr!»
Sven konterte energisch. «Das ist mir
klar. Aber ich denke, dass das keine
gute Idee ist!»
Patrick Vermeer ließ sich immer noch
nicht aus der Ruhe bringen.
«Sven, du bist zwar meine rechte Hand
und mein Patenkind. Aber du solltest
dir darüber im klaren sein, dass immer
noch ich derjenige bin, der die
Entscheidungen trifft. Und zwar auf
beruflicher Ebene und noch vielmehr in
meinem privaten Bereich!»
Sven steckte die Zurückweisung weg,
gab aber noch nicht ganz auf.
«Du kennst dieses Mädchen doch
überhaupt nicht!»
Patrick Vermeer nickte zustimmend.
«Und genau das will ich ändern.
Schließlich ist sie meine Tochter!»
Patrick griff sich einen Aktenordner
und meinte dann kurz: «So, und jetzt

gehen wir an die Arbeit. Was ist mit unserer Übernahme des Grandhotel in Mailand?»
Sven wusste, wann er verloren hatte, und holte seine Notizen zu dem Vorgang heraus.
Aber er war wild entschlossen die Tochter seines Mentors genau im Auge zu behalten.

Kapitel 3

In Hamburg saß Mona inzwischen in der Küche und hatte den Brief ihres Vaters gelesen.

Sie war völlig durcheinander und nahm die Tasse Kaffee, die ihre Mutter Sabine ihr eingeschenkt hatte, gerne an.

Aufgewühlt schaute sie ihre Mutter dann an.

«Ich weiß ja schon seit meinem 12. Geburtstag, dass ich adoptiert bin – aber das hat für mich nie eine Rolle gespielt. Du und Paps ihr wart für mich immer meine richtigen Eltern – und ich liebe euch. Was soll ich mit diesem Mann anfangen, der mein leiblicher Vater ist und mich gleich nach meiner Geburt zur Adoption freigegeben hat?! Er wollte damals nichts von mir wissen und ich will heute nichts mit ihm zu tun haben!»

Sabine versuchte, die aufgebrachte
Mona zu beruhigen.
«Vielleicht solltest du nicht ganz so
streng mit ihm sein ... Es war bestimmt
nicht leicht für ihn, dass seine Frau –
deine leibliche Mutter – bei deiner
Geburt gestorben ist.»
Mona schüttelte den Kopf. «Wenn ihm
irgendetwas an mir gelegen hätte, dann
hätte er mich nicht einfach weggegeben
– wie irgendein lästiges Stück Müll, das
man entsorgen muss ...»
Sabine schaute Mona traurig an. «Kind,
für uns warst du nie ein Stück Müll –
da warst und bist das größte Glück in
meinem Leben! Und du hättest deinen
Paps sehen sollen, als er dich das erste
Mal in den Arm genommen hat... .»
Sabine brach ab und war den Tränen
nahe.
Mona stand sofort auf und umarmte
ihre Mutter.
«Mom, es tut mir so leid, was ich gesagt
habe. Aber ich habe doch auch nicht

dich gemeint – ich hätte mir keine besseren Eltern als euch wünschen können. Ich bin einfach nur stinksauer auf diesen Mann, der sich jetzt auf einmal wieder in mein Leben drängt!»
Sabine hatte sich wieder gefangen und sah Mona fragend an.
«Was genau schreibt er denn?»
Mona hielt Sabine den Brief hin. «Hier, lies selbst!»
Sabine nahm den Brief und las ihn sorgfältig durch, während Mona sie beobachtete und dabei einen Schluck Kaffee nahm.
Endlich war Sabine mit dem Lesen fertig und Mona sah sie auffordernd an.
«Und, was meinst du?»
Sabine atmete kurz durch und antwortete dann. «Nun, er will dich gerne kennenlernen und dir erklären, warum er dich zur Adoption frei gegeben hat und warum er während der ganzen 21 Jahre nie versucht hat, Kontakt mit dir aufzunehmen. Dagegen

ist doch nichts einzuwenden, oder?
Willst du das nicht wissen?!»
Mona entgegnete hitzig, dass Sabine
aber ein wichtiges Detail ausgelassen
hätte!
Sabine strich Mona beruhigend über
den Arm. «Ich kann mir vorstellen, was
dich so auf die Palme bringt, Kleines!
Dass er dir aus Berlin eine Limousine
mit Chauffeur schicken will, um dich
hier in Hamburg abzuholen, nicht
wahr?!»
Mona nickte aufgebracht. «Was soll die
Protzerei? Gut, er ist reich, das versteht
sich ja von selbst, wenn ihm eine
internationale Luxushotel-Kette gehört.
Aber mich interessiert sein Geld nicht!»
Sabine lächelte. «Das weiß ich, Schatz,
aber warum willst du dir diesen Luxus
nicht gönnen? Wenn du dich wirklich
darauf einlassen kannst, deinen
leiblichen Vater kennen zu lernen, dann
wird das eine sehr anstrengende
Erfahrung für dich werden – und du

kannst dir wenigstens die Fahrt dahin
so angenehm wie möglich machen!»
Mona schwieg nachdenklich.
Sabine hakte nach. «Aber egal, ob du
den Zug nimmst oder die Limousine
akzeptierst, wirst du deinem Vater eine
Chance geben?!»
Mona sah Sabine ernst an. «Ganz
ehrlich. Ich weiß es nicht. Ich muss
darüber erst noch ein bisschen
nachdenken.»
Sabine lächelte. «Nimm dir alle Zeit, die
du brauchst. Und wir sprechen heute
Abend beim Essen weiter darüber,
okay? Dein Geburtstagsessen findet
natürlich wie jedes Jahr an deiner
Lieblings-Currywurst-Bude statt!»
Mona strahlte. «Mom, du bist die
Beste!»

Kapitel 4

Am selben Abend führte in Berlin Sven Foster seine Dauer-Freundin Natascha in ein exklusives Restaurant zum Essen aus.

Sven trug wie üblich seine Designer-Klamotten und sah wirklich gut darin aus.

Natascha, Kind reicher Eltern und Gelegenheitsmodel, war immer ein echter Hingucker. Und wenn sie sich für den Abend aufstylte, dann konnte kaum ein Mann den Blick von ihrer kühlen blonden Schönheit abwenden. Zusammen ergaben sie das, was immer als «schönes Paar» bezeichnet wird. Und normalerweise genoss Sven es, Natascha auszuführen. Genauso wie er es genoss, in exklusiven Lokalen zuvorkommend bedient zu werden. Denn selbstverständlich wussten die Gastronomen alle, wer er war.

Der Service war an diesem Abend
perfekt wie immer. Sie hatten einen der
bevorzugten Plätze bekommen und die
Cocktails wurden gerade serviert.
Ein sehr trockener Martini für Sven, Kir
mit Champagner für Natascha.
Eigentlich war alles perfekt – und
trotzdem hatte Sven schlechte Laune,
was Natascha nicht verborgen
geblieben war.
Sie stießen an, Natascha nippte an
ihrem Getränk und sah Sven dann
fragend an.
«Was für eine Laus ist dir denn über die
Leber gekrochen? Geschäftlicher Ärger?
Stress mit Patrick?»
Sven nahm den nächsten Schluck von
seinem Martini und entspannte sich ein
wenig.
«Nein, geschäftlich läuft alles prima.
Ich habe die Übernahme des
Grandhotels in Mailand vorbereitet
und Patrick war sehr zufrieden.»

«Und, was ist es dann?», wollte
Natascha wissen.

Sven stöhnte. «Patrick hat es sich in den
Kopf gesetzt, dass er unbedingt seine
leibliche Tochter kennenlernen will! Du
weißt doch, dass seine Frau Isabella bei
der Geburt des Babys gestorben ist,
nicht wahr?!»

Natascha nickt. «Klar, und Patrick hat
das Kind zur Adoption freigegeben.
Und woher kommen jetzt die
plötzlichen Vatergefühle?»

Sven zuckte mit den Schultern. «Keine
Ahnung!»

Sven brach ab, weil jetzt ihre
Vorspeisen serviert wurden.
Überbackene Jakobsmuscheln für Sven
und Garnelen in einer exquisiten
Marinade für Natascha.

Bevor Natascha ihre Vorspeise in
Angriff nahm, sah sie Sven fragend an.
«Wieso beunruhigt es dich so, dass
Patrick seine Tochter kennen lernen
will?!»

«Weil ich das Gefühl habe, dass er sie irgendwie an seinen Geschäften beteiligen will. Und das, obwohl er überhaupt nichts von ihr weiß!», erwiderte Sven angespannt.

Natascha kostete eine Garnele. «Hmm, köstlich!»

Dann wandte sie sich wieder dem Gesprächsthema zu.

«Ja, aber Patrick muss doch wenigstens wissen, in was für einer Umgebung sie groß geworden ist!»

Sven nickte. «Das ist es ja, was mich so beunruhigt. Ihre Adoptiveltern haben irgend so eine kleine Bäckerei-Klitsche in Hamburg. Und was würdest du tun, wenn auf einmal dein schwerreicher leiblicher Papa auftaucht und dir ein Luxusleben bietet?»

Natascha lächelte kühl. «Zugreifen natürlich, was denn sonst?!»

Sven starrte Natascha ernst an. «Und das ist genau das, was ich befürchte!»

Kapitel 5

In Hamburg hatte sich Mona ihre traditionelle Geburtstagscurrywurst an ihrem Lieblingsimbiss schmecken lassen, während Sabine mit dem Reibekuchen vorliebgenommen hatte. Beide Frauen hatten sich dazu ein Bier aus der Dose gegönnt und waren jetzt auf dem Heimweg.

Sabine lächelte Mona an. «Na, mein Schatz, wie fühlt es sich an, 21 Jahre alt zu sein?!»

Mona grinste. «Ganz gut eigentlich. Wenn man bedenkt, dass sich ausgerechnet an meinem 21. Geburtstag auch noch mein leiblicher Vater melden musste …»

Sabine sah Mona von der Seite an. «Und, wie hast du dich entschieden? Wirst du nach Berlin fahren, um ihn zu treffen?»

Mona nickte. «Ja. Da er mir jetzt sowieso dauernd durch den Kopf spukt, will ich ihn mir anschauen und mir ein richtiges Bild von ihm machen. Bis jetzt bin ich ja nur auf meine Phantasien angewiesen.»
«Gute Entscheidung, Kleine!», lobte ihre Mutter.
Die beiden waren vor ihrem kleinen Häuschen angekommen und betraten es.
Mona kramte den Brief ihres Vaters aus der Tasche und suchte nach dessen Telefonnummer.
Sabine beobachtete sie irritiert.
«Willst du ihn anrufen? Jetzt? Es ist schon elf Uhr abends?!»
Mona schüttelte den Kopf. «Nein, anrufen ist mir im Moment zu persönlich. Ich schicke ihm eine SMS!»
Mona tippte schnell die SMS ein und schickte sie los. Dann lächelte sie ihre Mutter an.

«Ich habe ihm geschrieben, dass ich
seinen Limousinenservice annehme
und gegen Mittag abgeholt werden
will!»
Sabine lächelte. «Es ist schön, dass du
auch mit 21 noch auf meine Ratschläge
hörst!»
Mona griemelte. «Du hast mich eben
gut erzogen …. Nein, Spaß beiseite. Ich
habe um dieses Treffen nicht gebeten
und du hast natürlich recht, wenn du
sagst, dass der Tag echt anstrengend für
mich werden wird – dann kann ich mir
ruhig ein bisschen Luxus gönnen. Und
schließlich hat der Mann bis jetzt
keinen Cent für mich ausgegeben!»
In diesem Moment piepte Monas
Handy.
Erstaunt schaute sie auf das Display.
«Er hat geantwortet! Jetzt schon! Na, ja
ein Top-Manager wie er ist
wahrscheinlich 24 Stunden am Tag
erreichbar... .»
Mona las die SMS ihrer Mutter vor.

«Ich freue mich sehr auf unser Treffen, mein Chauffeur wird pünktlich um 12.00 Uhr da sein!»
Jetzt bekam Mona doch ein bisschen Angst vor der eigenen Courage. Zögernd schaute sie ihre Mutter an.
«Und was mache ich, wenn er ein Kotzbrocken ist und ich ihn nicht ausstehen kann?»
Sabine lächelt sie beruhigend an.
«Ganz einfach: dann verabschiedest du dich und nimmst den nächsten Zug nach Hause!»
Mona nickte. «Gute Idee»
Doch dann fiel ihr schon das nächste Problem ein.
«Und was soll ich anziehen?»
Auch dafür wusste Sabine eine Lösung.
«Irgendetwas, in dem du dich total wohlfühlst! Du brauchst dich nicht zu verkleiden. Wir haben nicht viel Geld und konnten uns nie teure Designer-Klamotten leisten, wie er sie wahrscheinlich tragen wird.»

Mona stimmte aus ganzem Herzen zu.
«Und ich werde mich ganz bestimmt
nicht von seinem Reichtum
beeindrucken lassen!»
Mona atmete tief durch. «Gut, somit
wäre erst mal alles geklärt!»
Sabine lächelte sie an. «Und damit du
vor der Abfahrt nicht zum
Nervenbündel wirst, mache ich
Mittagspause in der Bäckerei und
winke dir zum Abschied!»
Mona umarmte ihre Mutter liebevoll.
«Danke, das ist lieb von dir!»
Am nächsten Tag war Mona ziemlich
nervös und schon um 11.00 Uhr
startklar. Sie hatte beschlossen, den
neuen smaragdgrünen Pullover
anzuziehen, den Sabine ihr zum
Geburtstag geschenkt hatte. Das war
praktisch ihr Talisman und würde sie
sofort an ihre liebevolle Mutter
erinnern, falls sie sich in Berlin unwohl
fühlen sollte. Dazu trug sie ihre
Lieblingsjeans und weiße Sneaker.

Sie hatte auch noch einen Datenstick fertig gemacht, auf den sie Fotos von sich, Sabine und ihrem verstorbenen Adoptiv-Vater kopiert hatte. Alle Bilder strömten die Liebe und Zuneigung aus, die sie in den ganzen Jahren von ihren Adoptiveltern erfahren hatte.

Mona schaute auf die Uhr. Himmel, es war schon 20 vor 12. Bald würde es losgehen.

Hektisch überprüfte sie noch einmal ihre Handtasche und checkte, dass sie auch wirklich Geld, Papiere und ihr Handy dabei hatte.

Erleichtert hörte sie dann die Eingangstür ins Schloss fallen und war froh, dass Sabine endlich kam.

Sabine lächelte die aufgeregte Mona an. «Na, Schatz, Lampenfieber?!»

«Ziemlich!», musste Mona zugeben.

Sabine hatte aus der Bäckerei eine Tüte mit frischen Zimtschnecken und Hefeteilchen mit gebracht, die sie Mona jetzt gab.

«Hier, Verpflegung für die Fahrt!»
Mona nahm die Tüte und schnupperte
erfreut daran. «Hmm, riecht lecker!
Danke!»
Und schon klingelte es an der Haustür.
Mona schaute auf ihre Uhr. «Himmel,
der ist ja überpünktlich!»
Sabine war inzwischen zur Tür
gegangen und brachte einen
sympathisch aussehenden älteren
Mann herein, der eine tadellose
Chauffeursuniform trug.
Der Mann lächelt Mona an. «Hallo,
mein Name ist Paul. Und Sie, nehme
ich an, sind mein Fahrgast?!»
Mona lächelte zurück und schüttelte
dem Mann die Hand. «Ja, ich bin
Mona.»
«Gut, Mona, dann sollten wir mal
durchstarten. Je schneller wir
losfahren,desto früher sind wir auch in
Berlin.Und da werden Sie schon
sehnlichst erwartet!»
Mona nickte. «Okay!»

Dann schnappte sie sich ihre
Handtasche und eine Jacke und ging
nach draußen, während Sabine die Tüte
mit den Leckereien aus der Bäckerei
mit nach draußen nahm.
Vor dem Haus stand eine schnittige
Limousine und Paul öffnete ihr ganz
selbstverständlich die Tür zum Fonds,
um sie einsteigen zu lassen.
Doch Mona zögerte und sah Paul
fragend an.
«Wäre es vielleicht auch möglich, dass
ich vorne neben Ihnen sitzen könnte?
Ich glaube, ganz allein da hinten
komme ich mir ziemlich verloren vor.»
Paul war sichtlich überrascht, stimmte
aber sofort zu.
Er machte Anstalten, um das Auto
herum zu gehen und ihr die
Beifahrertür zu öffnen. Doch Mona war
schneller als er und öffnete die Tür
selbst.
Dabei sah sie ihn offen an. «Ich bin das
nicht gewohnt, dass ich wie irgendein

Promi behandelt werde. Und das ist
auch gar nicht nötig!»
Paul konnte sich ein Lächeln nicht
verkneifen.
Mona umarmte Sabine. Die drückte sie
ganz fest an sich und wünschte ihr viel
Glück.
«Das kann ich ganz bestimmt
brauchen!», murmelte Mona und setzte
sich dann auf den Beifahrersitz. Sabine
reichte ihr die Tüte mit dem Gebäck.
Paul ließ es sich nicht nehmen,
wenigstens formvollendet die
Beifahrertür zu schließen.

Dann verabschiedete er sich mit einem
freundlichen Nicken von Sabine, setzte
sich hinter das Steuer und fuhr los.
Sabine winkte der abfahrenden
Limousine hinterher.
Mona verstaute die Gebäcktüte im
Handschuhfach, setzte sich bequem
zurecht und fragte sich bange, ob sie

die richtige Entscheidung getroffen
hatte.

Kapitel 6

Die Fahrt von Hamburg nach Berlin verlief sehr angenehm. Paul konzentrierte sich auf den Verkehr und Mona konnte ihren Gedanken freien Lauf lassen.

Sie überlegte, was für ein Mann ihr leiblicher Vater wohl sein mochte. Zweifellos war er ein ausgezeichneter Geschäftsmann, schließlich besaß und leitete er einen internationalen Hotelkonzern. Das sprach in ihren Augen für eine gewisse Skrupellosigkeit. Sie konnte sich nicht vorstellen, dass jemand so eine Karriere machen konnte, ohne den Willen und die Fähigkeit, sich durchzusetzen – auch gegen die berechtigten Interessen anderer Leute.

Lächelnd dachte sie an ihren Adoptiv-Vater. Der war eine Seele von

einem Mann gewesen. Raue Schale,
aber weicher Kern.

Wenn eine seiner Angestellten ein
krankes Kind zu Hause hatte, gab er
den Frauen sofort frei und verbot
ihnen, zur Arbeit zu erscheinen, bevor
der Nachwuchs wieder völlig gesund
war.

Und jedes Jahr veranstaltete er für alle
Angestellten ein großes Sommerfest.
Dafür stand er die halbe Nacht und den
ganzen Vormittag alleine in der
Backstube und backte leckere
Croissants und Kuchen für die ganze
Belegschaft. Die Stimmung bei diesen
Festen war immer richtig gut. Die
Kinder sprangen im Garten herum, die
Erwachsenen ließen sich die
Köstlichkeiten schmecken und
plauderten angeregt miteinander.

Paul warf ihr einen kurzen Seitenblick
zu und bemerkte ihr verträumtes
Lächeln. Interessiert fragte er nach, ob

sie sich auf den Besuch in Berlin freuen
würde?

Mona überlegte einen Moment und
antwortete dann ehrlich. «Ich bin mir
nicht sicher ...»

Paul sah sie neugierig an, verkniff sich
aber jede weitere Frage. Stattdessen
verkündete er, dass er jetzt eine kurze
Pause machen wolle.

Mona war sofort einverstanden, sie
würde sich auch gern ein wenig die
Beine vertreten.

An der nächsten Raststätte fuhr Paul
raus und wollte sich im Shop einen
Kaffee und ein bisschen Kuchen holen.
Doch Mona widersprach energisch.
«Kaffee ist okay. Aber Kuchen ist nicht
nötig. Meine Mutter hat mir leckere
Zimtschnecken und Hefeteilchen aus
unserer eigenen Bäckerei eingepackt.
Die teilen wir!»

Und so holte Paul nur zwei Kaffee, ließ
sich die Zimtschnecken schmecken und
lobte sie über den grünen Klee.

Nach der kurzen Pause stiegen sie
wieder ein und setzten die Fahrt fort.
Nach einer knappen Stunde erreichten
sie auch schon Berlin.
Paul fragte freundlich nach, ob Mona
Berlin kenne?
«Nicht wirklich», erwiderte Mona. «Ich
war einmal hier zur Abschlussfahrt in
der 10. mit meiner Schulklasse. Aber
das ist schon lange her.»
Paul warf ihr einen kurzen Blick zu.
«Na, ja, so lange kann das noch nicht
her sein!»
«Doch», protestierte Mona, «ich bin
gestern 21 Jahre alt geworden!»
«Ein wahrhaft biblisches Alter!»,
frotzelte Paul gutmütig.
Dann erreichten sie auch schon die
Gegend um den Wannsee und Mona
sah Paul fragend an.
«Herr Vermeer wohnt hier? Am
Wannsee?»
Paul nickte.

«Ja, er hat hier eine große Villa mit einem riesigen Grundstück direkt am See. Wir sind gleich da!»

Und so war es auch.

Wenige Minuten später bog Paul in einen privaten Weg ein, der in einem großen gekiesten Rondell endete. Von dem Rondell führte eine imposante Steintreppe zum Eingang einer prächtigen Jugendstilvilla.

Mona starrte das beeindruckende Gebäude an und murmelte leise «Oh, mein Gott ...»

Paul hatte das bemerkt, ließ sich aber nichts anmerken.

Er sprang aus dem Wagen und hielt Mona formvollendet die Beifahrertür auf.

Dieses Mal war sie viel zu durcheinander, um ihm zuvorzukommen.

Sie atmete einmal tief durch, griff sich dann ihre Tasche und bedankte sich

freundlich bei Paul für die angenehme
Fahrt.

Der winkte ab. «Nicht nötig. Es war mir
ein echtes Vergnügen! Sie werden oben
erwartet!»

Mona nickte und stieg dann langsam
die Treppe zum Eingang der Villa
empor.

Paul schaute ihr mitfühlend hinterher.
Vor dem Eingangsportal der Villa
angekommen, wollte Mona gerade
nach einer Klingel suchen, als sich das
Portal auch schon öffnete und eine circa
vierzigjährige Frau in einem strengen
Business-Kostüm sie höflich begrüßte.

«Guten Tag, ich bin die Hausdame von
Herrn Vermeer. Er lässt Ihnen
ausrichten, dass er leider noch ein paar
Minuten in dringenden Geschäften
aufgehalten wird, aber er wird dann
sofort für Sie da sein!»

Mona konnte nur überwältigt nicken.
Die Hausdame bat sie herein und
führte sie in einen eleganten Salon. Sie

forderte Mona auf, Platz zu nehmen, und erkundigte sich, ob sie eine kleine Erfrischung servieren sollte.

Mona bat lediglich um ein Glas Wasser. Die Hausdame verschwand und Mona schaute sich in dem beeindruckenden Raum um. Das Zimmer war offensichtlich mit echten Antiquitäten eingerichtet und die Gemälde, die an den Wänden hingen, sahen auch nicht so aus, als wären sie von Amateuren angefertigt worden. Mona kannte zwar die Namen der alten Meister nicht, war sich aber sicher, dass das unmöglich billiger Schund sein konnte.

Sie ging zum Fenster und schaute auf einen top gepflegten Garten, an dessen Ende sie den Wannsee sehen konnte. Die Hausdame kam mit einem Tablett und einem Glas Wasser zurück, verkündete aber gleichzeitig, dass Herr Vermeer jetzt bitten lasse.

Mona nickte. «Okay, ich bin bereit! Und trinken kann ich auch noch später.»

Die Hausdame stellte das Tablett auf einem Beistelltisch ab und führte Mona dann in den ersten Stock.

Sie klopfte kurz an eine Tür und als von drinnen ein sonores «Herein» ertönte, öffnete sie die Tür für Mona und machte eine einladende Geste. «Bitte!»

Mona nahm ihren ganzen Mut zusammen und betrat den Raum.

Zuerst fiel ihr Blick auf einen riesigen antiken Schreibtisch, hinter dem offensichtlich Patrick Vermeer saß. Ihm gegenüber, auf der anderen Seite des Schreibtisches, saß ein jüngerer Mann, dem Mona aber keine Beachtung schenkte, denn Patrick Vermeer stand jetzt auf und ging ihr lächelnd entgegen.

Mona konnte ihn kurz in Augenschein nehmen. Ihr Vater war ein großer, schlanker Mann mit dunklen Haaren, die an den Schläfen schon einen grauen Schimmer zeigten. Er hatte ein aristokratisches Gesicht mit braunen

Augen, einem schmalen Mund und einem stark ausgeprägten Kinn.

Dann stand er auch schon vor ihr und hielt ihr die Hand zum Gruß hin.

«Ich bin sehr froh, dass Sie gekommen sind und ich entschuldige mich für die Wartezeit. Das hatte ich nicht eingeplant, musste es aber erledigen. Ich hoffe, Sie verzeihen mir das!»

Mona erwiderte seinen Händedruck und murmelte ein leises «Kein Problem!».

Ungezwungen deutete Vermeer auf den jungen Mann. «Das ist Sven Foster, mein Patenkind und meine rechte Hand. Aber er wird uns jetzt verlassen, damit wir in Ruhe miteinander sprechen können.»

Sven reagierte sofort. Er stand auf, nickte Mona kurz zu und verabschiedete sich im gleichen Atemzug. Trotz ihrer Aufregung realisierte Mona, dass dieser Sven Foster ein attraktiver Mann war. Die absolut dominierende Persönlichkeit in diesem Raum war aber eindeutig ihr Vater.

Während Sven Foster den Raum verließ, deutete Vermeer auf eine Sitzgruppe in der Ecke des Raumes. «Am besten nehmen wir dort Platz!» Mona setzte sich in einen bequemen Sessel, Vermeer wählte den Sessel ihr gegenüber und musterte sie zunächst eindringlich.

Mona ertrug die Musterung schweigend und nutzte die Gelegenheit, sich den Mann, der ihr leiblicher Vater war, genau anzusehen. Er sah gut aus und strahlte eine große Autorität aus. Das war eindeutig ein Mann, der es gewohnt war, Befehle zu geben, die dann auch selbstverständlich ausgeführt wurden. Aber sie bemerkte auch ein paar kleine Lachfältchen um die Augen, die ihr sagten, dass er vielleicht auch eine angenehmere Seite

als die des knallharten
Business-Mannes haben könnte.
Über Vermeers Züge glitt nun ein
leichter Schatten von Traurigkeit, dann
sagte er zögernd:
«Sie sehen aus wie Ihre Mutter!»
Mona versuchte, ihre Nervosität in den
Griff zu bekommen, und fragte, ob sie
ein Foto von ihrer Mutter sehen könnte.
«Natürlich!»
Vermeer stand auf, ging zu seinem
Schreibtisch und holte aus einer
verschlossenen Schublade ein großes
Foto, das er Mona gab.
Mona starrte angespannt auf das
Porträtfoto und musste Vermeer recht
geben.
Die Frau war ihr wie aus dem Gesicht
geschnitten.
Vermeer setze sich wieder Mona
gegenüber und begann zu erzählen.
«Isabella war meine große Liebe, mein
Ein und Alles. Es war Liebe auf den
ersten Blick und wir haben geheiratet,

als wir uns gerade mal ein Jahr kannten. Bald wurde Isabella schwanger und unser Glück schien perfekt. Wir freuten uns auf das Baby und konnten es kaum erwarten, bis es endlich auf der Welt war. Gemeinsam träumten wir davon, eine glückliche Familie zu werden und unserem Baby das beste Leben auf Erden zu bieten.» Vermeer schwieg einen Moment, um sich zu sammeln, und fuhr dann fort. «Aber dann kam alles anders, als wir uns das gewünscht hatten. Bei der Geburt gab es unerwartete Komplikationen und Isabella starb. Die Ärzte taten alles, konnten ihr aber nicht mehr helfen. Aber sie wollten mich über den Verlust trösten und versicherten mir, dass sie es geschafft hätten, das Leben des Kindes zu retten. Und sie legten mir das Baby in den Arm.»

Mona hatte angespannt zugehört und sah das Bild, das ihr Vater beschworen

hatte ganz deutlich vor ihrem geistigen
Auge. Und es regte sich ein Gefühl in
ihr, mit dem sie niemals gerechnet
hätte: Mitleid.
Vermeer war mit seinen Gedanken
ganz in der Vergangenheit und schwieg
einen Moment. Dann sah er Mona
direkt in die Augen.
«Ich war verzweifelt und vor Kummer
völlig außer mir. Was sollte ich mit
diesem kleinen Wesen anfangen?
Diesem Baby, das mir meine Frau
genommen hatte? Denn genauso
empfand ich es in diesem Moment.
Meine über alles geliebte Frau, der
Mittelpunkt meines Lebens, war tot.
Und ich brauchte einen Schuldigen, um
mit dieser Last fertig zu werden. Was
lag näher, als diesem kleinen
Neugeborenen die Schuld zu geben?
Und genau das habe ich getan!»
Vermeer stand auf und ging zum
Fenster. Mona folgte ihm atemlos mit

ihren Blicken und wartete angespannt
auf die Fortsetzung seiner Erklärung.
«Heute weiß ich, dass meine Reaktion
weder angemessen noch vernünftig
war. Aber damals war ich nicht in der
Lage, mich anders zu verhalten.»
Vermeer ging wieder zurück zu Mona,
setzte sich in seinen Sessel und sah sie
ernst an.
«Können Sie das verstehen?»
Ohne zu zögern antwortete Mona
ehrlich. «Ja!»
Vermeer nickte und fuhr dann fort.
«Meine Eltern versuchten alles, um mir
in meinem Kummer beizustehen. Sie
boten sofort an, das Baby aufzuziehen
und sich um alles zu kümmern.»
Jetzt stellte Mona ihre erste Frage.
«Was war mit den Eltern meiner
Mutter?»
«Die waren bei einem Verkehrsunfall
zwei Jahre vorher verstorben. Isabella
hatte auf dieser Welt niemanden außer
mir.»

Mona tastete sich weiter vor.

«Wieso haben Sie mich dann zur Adoption freigegeben, obwohl meine Großeltern angeboten hatten, sich um mich zu kümmern?»

Vermeer atmete kurz durch.

«Weil ich Ihren Anblick nicht ertragen konnte. Weil ich vor Kummer außer mir war und mich bei Isabellas Beerdigung am liebsten mit ihr in den Sarg gelegt hätte. Weil ich dachte, dass mein Leben sinnlos und vorbei ist. Als ich bei Isabellas Beerdigung zusammengebrochen bin, haben auch meine Eltern kapituliert und sich nicht mehr gegen die Adoption gestellt. Nach meinem Zusammenbruch war ich monatelang in einer Spezial-Klinik. Und als ich die Klinik endlich wieder verlassen durfte, war die Adoption bereits über die Bühne gegangen und ich habe darauf bestanden, dass niemand in meiner Gegenwart über dieses Baby spricht.»

Mona ließ das Gesagte auf sich wirken und auch Vermeer schwieg nachdenklich.

Schließlich sah Mona ihn fragend an. «Wieso haben Sie jetzt Ihre Meinung geändert und nach 21 Jahren Kontakt zu mir aufgenommen?!»

Das erste leichte Lächeln huschte kurz über das Gesicht von Vermeer.

«Einfache Frage, komplizierte Antwort. Um das zu erklären, muss ich noch einmal ein bisschen weiter ausholen.»

Mona nickt gespannt. «Kein Problem!»

Vermeer sammelte sich kurz und erzählte dann weiter.

«In den Jahren nach Ihrer Geburt habe ich keine andere Möglichkeit gefunden, mich von meinem Kummer abzulenken, als mich in die Arbeit zu stürzen. Ich habe 18 Stunden am Tag gearbeitet, 7 Tage die Woche. Meine Eltern hatten damals ein kleines Hotel und ich habe meine ganze Energie und Arbeitskraft investiert, um aus diesem

einen kleinen Hotel eine internationale
Hotelkette zu machen.»
Mona sah ihn an.
«Das ist Ihnen ja gelungen!»
Vermeer nickte.
«Ja. Beruflich war ich äußerst
erfolgreich, aber im privaten Bereich
habe ich mich völlig zurückgezogen. Es
war undenkbar für mich, nach Isabellas
Tod mein Leben mit einer andren Frau
zu teilen. Und so stellte sich mir
irgendwann einmal die Frage, wem ich
meinen ganzen Besitz hinterlassen
sollte. Aber auch dafür fand ich eine
Lösung. Sie haben ja vorhin Sven Foster
kurz gesehen, nicht wahr?»
Als Mona bestätigend nickte, fuhr er
fort.
«Sven ist mein Patenkind. Der Sohn
eines entfernten Verwandten. Er fragte
eines Tages bei mir an, ob er hier ein
Praktikum machen könnte. Ich stimmte
zu, er stellte sich mehr als gut an und
heute ist er meine rechte Hand und ich

habe immer geplant, dass er einmal die Leitung meines Konzerns übernehmen soll.

Aber vor einem Jahr stand ich wie immer an ihrem Todestag an Isabellas Grab und fragte mich zum ersten Mal, ob sie mit meiner Entscheidung einverstanden gewesen wäre, unser gemeinsames Baby wegzugeben. Und ob sie damit einverstanden wäre, dass unser gemeinsames Kind nichts von dem bekommen soll, was ich mir aufgebaut habe.

Die Antwort auf beide Fragen war ein klares Nein!

Und so habe ich mich vor einem Jahr auf die Suche nach Ihnen gemacht und es hat bis jetzt gedauert, bis ich Sie gefunden habe!»

Mona starrte ihren leiblichen Vater ungläubig an: «Sie wollen mich an Ihrem Konzern beteiligen?!»

Seine Antwort war kurz: «Ja».

Mona war völlig fassungslos, schüttelte den Kopf und wollte gerade zu einer ablehnenden Antwort ansetzen, als Vermeer ihr zuvorkam.

«Ich bitte Sie, mir jetzt noch keine Antwort zu geben. Wir haben lange miteinander gesprochen und es war mit Sicherheit ein anstrengender Tag für Sie. Ich habe dafür gesorgt, dass uns jetzt gleich ein leichtes Abendessen serviert wird. Und ich bitte Sie, heute Nacht hierzubleiben, damit wir morgen weiter sprechen können. Ein Gästezimmer für Sie ist ebenfalls schon vorbereitet.»

Mona war völlig überrumpelt von dem Angebot. Sie dachte kurz nach. Sie war hungrig und sie war müde, aber sie wollte die Nacht nicht in dieser Villa verbringen. Sie brauchte auch räumliche Distanz zu ihrem Vater, um über alles nachzudenken.

Vermeer sah sie abwartend an. «Und, wie haben Sie sich entschieden?»

«Ich akzeptiere gerne das Abendessen
und ich bin auch bereit, heute Nacht in
Berlin zu bleiben. Aber ich möchte mir
lieber ein Hotel nehmen.»
Vermeer nickte. «Auch diese
Möglichkeit habe ich einkalkuliert und
Ihnen ein Zimmer in einer kleinen
Pension hier um die Ecke reserviert. Es
hat natürlich nicht den Standard, der in
meinen Hotels üblich ist, aber für eine
Nacht ist es akzeptabel. Paul kann Sie
nach unserem Abendessen hinfahren.»
Mona war einverstanden und Vermeer
stand jetzt auf, um mit ihr zum
Esszimmer zu gehen. Auf dem Weg
dahin informierte er sie noch, dass auch
Sven Foster an dem Essen teilnehmen
würde.

Kapitel 7

Das Esszimmer war genauso edel
eingerichtet wie die anderen Räume,
die Mona in der Villa gesehen hatte und
das Essen hätte jedem
Sterne-Restaurant zur Zierde gereicht.
Aber Mona wäre mit einer deftigen
Currywurst mit Pommes eindeutig
glücklicher gewesen.
Sie war angespannt, müde und kam
sich ziemlich deplatziert vor.
Zu Hause gab es kein edles Geschirr,
keine Kristallgläser und auch kein
silbernes Besteck.
Das gemeinsame Familienessen war
immer eine entspannte Angelegenheit,
bei der sich alle fröhlich unterhielten
und sich erzählten, was sie den Tag
über erlebt hatten.
Hier hingegen war die Atmosphäre
sehr angespannt und Mona wurde das

Gefühl nicht los, dass Sven Foster sie misstrauisch beäugte.

Er gab sich zwar freundlich und interessiert, aber ihr war sein abschätziger Blick nicht entgangen, mit dem er ihren selbstgestrickten Pullover, ihre Jeans und ihre Sneaker gemustert hatte.

Mona kannte sich mit Designer Mode für Männer nicht aus, aber der dreiteilige Anzug, den Sven Foster trug, sah wahrhaftig nicht so aus, als hätte er ihn im Sonderangebot bei einer Kaufhauskette gekauft.

Sein Benehmen ihr gegenüber war tadellos höflich, als er sie im Konversationston nach ihrer bisherigen Berufsausbildung ausfragte.

Mona antwortete ebenso höflich und erklärte, dass sie eine Ausbildung zur Hotelfachfrau gemacht hätte, nach dem Tod ihres Vaters aber gemeinsam mit ihrer Mutter die familieneigene Bäckerei leiten würde.

«Tatsächlich?», fragte Sven scheinbar interessiert nach, um sie im nächsten Atemzug auch schon zu provozieren.

«Dann war das Hotelmanagement nicht so ganz Ihr Ding?!»

Bevor Mona antworten konnte, ging Vermeer dazwischen.

«Sven, ich denke, jetzt ist nicht der Zeitpunkt, Mona über ihren beruflichen Werdegang auszufragen. Wir veranstalten hier ja schließlich kein Vorstellungsgespräch!»

Mona war heilfroh, als jetzt der Nachtisch serviert wurde.

Sie nahm sich nur eine kleine Portion des selbstgemachten Tiramisus und beschloss, dass es ihr für heute reichte.

Sie wollte dringend allein sein, mit ihrer Mutter telefonieren und die Ereignisse dieses langen Tages einfach sacken lassen.

Und so verkündete sie höflich, aber entschlossen, dass sie jetzt gerne in ihre Pension gehen würde,

Vermeer stimmte sofort zu, Paul stünde
auf Abruf bereit, um sie zu fahren.
Sven bot an, Mona zur Tür zu bringen,
was Vermeer akzeptierte, weil er ein
paar dringende Telefonate erledigen
wollte.
Vermeer verabschiedete sich von Mona
und verabredete sich für den nächsten
Vormittag 11.00 Uhr mit ihr. Dann
wünschte er ihr eine angenehme Nacht
und zog sich zurück.
Sven begleitete Mona nach draußen, wo
Paul gerade mit der Limousine vorfuhr.
Aber im gleichen Moment brauste auch
ein silberfarbener Porsche in das
Rondell, dem schwungvoll Natascha
entstieg.
Sven ging zusammen mit Mona die
Treppen nach unten und begrüßte
Natascha mit zwei Wangenküsschen.
Natascha sah hinreißend aus. Sie trug
ein rotes Cocktailkleid, das ihr
anscheinend auf den Leib geschneidert
war und ihre langen Beine wurden

durch extravagante Highheels im
gleichen Rot noch betont.
Mona kam sich schlagartig vor, wie
Aschenputtel neben der Prinzessin.
Sven stellte ihr Natascha als seine
Freundin vor.
Natascha musterte Mona blitzschnell
von Kopf bis Fuß und schenkte ihr
dann ein arrogantes Lächeln.
«Sie stricken selbst?!»
Mona funkelte Natascha ärgerlich an.
«Nein, meine Mutter!»
Natascha erwiderte herablassend.
«Nun, ja jedem sein Hobby, aber ich
lasse lieber nach meinen Entwürfen
stricken!»
Bevor Mona antworten konnte, fügte
Natascha noch ein kühles «Hat mich
sehr gefreut, Sie kennen zu lernen»
hinzu und ging dann mit Sven
zusammen die Treppe nach oben.
Mona atmete kurz tief durch und ging
dann zu Paul, der bereits neben der

Limousine stand und ihr die
Beifahrertür aufhielt.
Mona seufzte. «Guten Abend Paul, Sie
wissen gar nicht, wie gut es tut, einen
freundlichen Menschen wie Sie zu
treffen!»
Paul lächelte, Mona stieg ein und er
schloss die Beifahrertür hinter ihr.
Dann stieg er auf der Fahrerseite ein
und fuhr los.
Er warf ihr einen mitfühlenden
Seitenblick zu. «Zur Pension, oder soll
ich Sie lieber zum Bahnhof bringen?!»
Mona lächelte ihn entschlossen an.
«Nein! Zur Pension. Ich bleibe und steh
das durch. Das bin ich mir schuldig!»
Sie waren bald an der Pension
angekommen und Mona war so
erschöpft, dass sie nichts dagegen hatte,
dass Paul ausstieg und ihr die
Beifahrertür öffnete.
Sie stieg aus und musterte die kleine
Pension, die sehr gemütlich aussah. Das

konnte sie nach diesem Tag gut
gebrauchen.

Paul verabschiedete sich freundlich von
ihr.

«Ich wünsche Ihnen eine gute Nacht
und hole Sie morgen pünktlich um
viertel vor 11 Uhr wieder ab!»

Mona bedankte sich bei Paul und ging
dann in die Pension.

Sie wurde von der sympathischen
Inhaberin in Empfang genommen, die
auf sie gewartet hatte.

Sie gab ihr die Zimmerschlüssel und
fragte nach, wann Mona am nächsten
Morgen frühstücken wollte. Mona
überlegte kurz.

«10.00 Uhr wäre prima.»

«In Ordnung. Bis morgen dann!»

Mona nickte, ging zu ihrem Zimmer,
betrat es und schaute sich um. Und was
sie sah, gefiel ihr gut.

Das Zimmer hatte ein großes Einzelbett
und war mit einem Schreibtisch mit
Stuhl und einem bequemen Sessel nett

eingerichtet. Auf dem Schreibtisch
stand ein bunter Strauss Blumen und
auf dem Kopfkissen lag ein kleines
Stück Schokolade.
Mona zog ihre Schuhe aus und ließ sich
erst einmal auf das Bett fallen.
Sie streckte sich und versuchte, ihre
angespannten Nackenmuskeln etwas
zu lockern. «Was für ein Tag!», dachte
sie und beschloss, als Erstes ihre Mutter
Sabine in Hamburg anzurufen.
Sabine war auch nach dem ersten
Klingeln schon am Telefon und sehr
froh, von Mona zu hören.
Mona erzählte vom ersten Treffen mit
ihrem leiblichen Vater und gab auf
Nachfrage von Sabine zu, dass sie
nachvollziehen konnte, dass er sie zur
Adoption freigegeben hatte. Dann
berichtete sie, dass ihr Vater sie an
seinem Konzern beteiligen wolle.
Sabine war einen Moment sprachlos.
Dann erklärte sie Mona entschieden,

dass sie sich eine solche Chance nicht
entgehen lassen dürfe.
Mona war zurückhaltender.
«Mom, ich brauche kein Geld und auch
keinen neuen Job. Das Einzige, was
mich interessiert ist, meinen Vater
näher kennen zu lernen!»
«Kind, das sollst du auch tun»,
antwortete Sabine. «Aber du darfst
auch deine eigenen Träume nicht aus
dem Auge verlieren. Du wolltest immer
Hotelmanagerin werden und in Hotels
auf der ganzen Welt arbeiten. Diesen
Traum hast du aufgegeben, um bei mir
in Hamburg zu bleiben. Und jetzt bietet
dir dein leiblicher Vater die
Möglichkeit, deinen Traum doch noch
zu verwirklichen – wenn das keine
glückliche Fügung des Schicksals ist!»
Mona seufzte. «Da bin ich mir nicht
ganz so sicher. Immerhin hat mein
leiblicher Vater sich schon einen
Nachfolger herangezogen. Der Typ
heißt Sven Foster und hat mich die

ganze Zeit über ziemlich misstrauisch beäugt ...»

Sabine tat diesen Einwand ab und war sicher, dass Mona mit jedem gut klar kommen würde. Außerdem sei es ja auch verständlich, wenn ein langjähriger Kronprinz anfangs misstrauisch auf sie reagieren würde.

«Mom, ich muss jetzt aufhören. Ich will nur noch ein Bad nehmen und dann ins Bett kriechen und bis morgen früh durchschlafen. Ich treffe mich um 11.00 Uhr wieder mit meinem leiblichen Vater und denke, dass ich dann am frühen Nachmittag einen Zug nehme und gegen Abend wieder bei dir bin.»

Sabine wünschte ihr eine gute Nacht und drückte sie ganz fest durchs Telefon.

Mona legte auf und nahm ein ausgiebiges Bad. Dann schlüpfte sie unter die frischen Laken und war eingeschlafen, kaum dass ihr Kopf das Kissen berührt hatte.

Kapitel 8

Am nächsten Morgen wachte sie erst nach 9 Uhr auf, war aber gut erholt und fühlte sich frisch und unternehmungslustig und war neugierig darauf, ihren Vater besser kennenzulernen.

Das Frühstück in der Pension war lecker und als Paul um Viertel vor 11 Uhr vorfuhr, um sie abzuholen, war Mona startklar. Sie bedauerte nur, dass sie keine Kleidung zum wechseln mitgenommen hatte, aber sie hatte ja nicht damit gerechnet, über Nacht zu bleiben.

Paul war freundlich wie immer und wünschte ihr einen guten Morgen. «Man sieht Ihnen an, dass Sie gut geschlafen haben! Gestern Abend habe ich mir fast ein bisschen Sorgen um Sie gemacht – so blass und abgespannt wie Sie da aussahen!»

«Ja, das war gestern alles ein bisschen viel für mich. Aber heute geht es mir wieder gut», antwortete Mona und stieg wieder auf der Beifahrerseite ein.
Die Fahrt zur Villa war kurz. Nur diesmal führte die Hausdame Mona nicht in das Arbeitszimmer ihres Vaters, sondern in den Wintergarten. Patrick Vermeer war damit beschäftigt, seine Orchideen zu pflegen, als Mona hereinkam.
Er lächelte sie an.
«Guten Morgen! Wie geht es Ihnen heute?»
«Gut. Danke», erwiderte Mona und sah Vermeer neugierig an. «Sie züchten Orchideen?»
Vermeer nickt. «Ja, aber leider habe ich nur ganz selten Zeit dazu und meine kleinen Schönheiten werden in der Regel von einem Gärtner betreut.»
In einer Ecke des Wintergartens stand ein Tisch mit vier Stühlen. Auf dem Tisch wartete ein Tablett mit einer

Kanne Kaffee, zwei Tassen und Milch und Zucker.

Vermeer deutete auf den Tisch.

«Bitte setzen Sie sich doch. Kann ich Ihnen einen Kaffee anbieten?»

Als Mona nickte, schenkte er ihr eine Tasse ein und sah sie dann ernst an.

«Ich habe Ihnen gestern ganz viel von mir erzählt. Wenn Sie einverstanden sind, würde ich heute gerne etwas mehr von Ihnen erfahren. Wie sind Sie aufgewachsen? Wie war Ihr Verhältnis zu Ihren Adoptiv-Eltern? Ich frage das nicht aus platter Neugier. Ich möchte Sie einfach nur besser kennenlernen!»

Mona gab Milch und Zucker in ihren Kaffee und nickte dann zustimmend.

«Einverstanden.»

Sie überlegte kurz und erzählte Vermeer dann, dass sie eine sehr glückliche Kindheit hatte und sich immer geliebt, beschützt und geborgen gefühlt hatte.

Mona kramte den Datenstick heraus
und bot an, ihm Fotos aus ihrer
Kindheit zu zeigen.
Vermeer stimmte erfreut und
überrascht zu. Über sein Handy
informierte er die Hausdame, doch bitte
einen Laptop in den Wintergarten zu
bringen.
Die Wartezeit überbrückte er mit der
Frage, wann Mona erfahren hätte, dass
sie adoptiert worden war.
«Kurz nach meinem 12. Geburtstag»,
antwortete Mona, als die Hausdame
auch schon mit dem Laptop hereinkam.
Nachdem sie den Raum wieder
verlassen hatte, sah Vermeer Mona
fragend an.
«Wie war das für Sie zu erfahren, dass
Ihre Eltern nicht Ihre leiblichen Eltern
waren?»
Mona dachte einen Moment nach und
antwortete dann ehrlich.
«Ich war überrascht, aber nicht
schockiert. Ich bin in einer sehr

liebevollen Atmosphäre aufgewachsen und hatte absolutes Vertrauen zu meinen Eltern - die auch nach dieser Mitteilung immer meine richtigen Eltern für mich geblieben sind.»
Monas stöpselte den Datenstick ein und holte die Bilder auf den Bildschirm des Laptops.
«Hier, schauen Sie sich die Fotos an, dann verstehen Sie vielleicht, was ich Ihnen sagen will!»
Vermeer klickte sich durch die Bilder, zu denen Mona ab und zu Erklärungen lieferte.
Er sah Babyfotos, den ersten Weihnachtsbaum, das erste Osternest, den ersten Tag im Kindergarten, die Einschulung, das Abitur und immer wieder glückliche Familienfotos und Schnappschüsse von gemeinsamen Ausflügen und Urlauben.
Als er mit der Fotogalerie durch war, huschte ein Hauch von Trauer über sein ausdrucksvolles Gesicht.

«Alles das habe ich versäumt. Und alles das ist es, was Isabella und ich uns für unser gemeinsames Leben erträumt hatten... »
Mona bemerkte seinen Gefühlsaufruhr und nahm impulsiv und spontan seine Hand.
Vermeer drückte ihre Hand kurz und versuchte, sich wieder zu sammeln. Dann sah er sie ernst an.
«Ich kann die Vergangenheit nicht ändern, aber ich kann ich kann eine Zukunft planen, in der es einen Platz für dich in meinem Leben gibt.»
Das «Du» war ihm herausgerutscht und er versuchte sofort, sich zu korrigieren. Doch Mona winkte lächelnd ab.
«Das ist in Ordnung. Schließlich bist du mein Vater, auch wenn ich dich nicht so nennen kann. ´Vater`wird für mich immer mein Adoptiv-Vater bleiben. Ich hoffe, du verstehst das?»

«Selbstverständlich», erwiderte
Vermeer lächelnd. «Wie wäre es denn
für den Anfang mit Patrick?!»
Mona stimmte lächelnd zu.
Vermeer stopfte sich jetzt sichtlich
entspannter eine Pfeife, zündete sie an
und schwieg einen Moment
nachdenklich.
Mona schaute ihn forschend an.
«Was genau meinst du damit, dass du
mir einen Platz in deinem Leben geben
willst?»
Ihr Vater schaute Mona offen an.
«Ich habe beschlossen, mich aus der
Leitung meines Konzerns
zurückzuziehen. Ich will nicht mehr
so viel arbeiten. Ich will die Jahre, die
mir noch bleiben, in vollen Zügen
genießen und all das nachholen, was
ich versäumt habe. Und ich würde
mich sehr freuen, wenn ich einen
großen Teil meiner freien Zeit mit dir
verbringen könnte. Schließlich haben
wir 21 verlorene Jahre nachzuholen.»

Mona lächelte ihren Vater an.

«Das hört sich doch sehr gut an!»

Vermeer nahm einen genussvoll einen Zug aus seiner Pfeife, dann sprach er weiter.

«Ich habe Sven in den letzten Jahren als meinen Nachfolger aufgebaut und ich weiß, das er seinen Job gut machen wird. Aber, da du jetzt wieder in meine Leben getreten bist, möchte ich dich an der Konzernleitung beteiligen. Mein Wunsch ist es, dass du gemeinsam mit Sven meine Geschäfte fortführst. Was hältst du davon?»

Mona war sprachlos und schwieg einen Moment nachdenklich.

«Das traust du mir zu?»

Ihr Vater lächelte. «Man kann alles lernen, wenn man will. Ich habe auch ganz klein angefangen mit dem alten Hotel meiner Eltern. Und da du glücklicherweise eine Ausbildung als Hotelfachangestellte gemacht hast,

brauchst du nur Übung und Erfahrung
– und die kann ich dir verschaffen!»
Mona ließ sich das durch den Kopf
gehen, dann fragte sie nach.
«Wie genau stellst du dir das vor?»
«Nun ich habe ein Grandhotel in
Hamburg. Dort könntest du anfangen
und den Job von der Pike auf lernen.
Und damit du gleich von Anfang an
mit Sven zusammenarbeitest, schicke
ich ihn dir quasi als Mentor mit nach
Hamburg.»
Mona hakte zögernd nach.
«Und was sagt Sven dazu? Immerhin
hat er hier in Berlin seine Freundin –
Natascha?»
Ihr Vater sah sie entschlossen an.
«Ich hab Sven meine Pläne mitgeteilt –
natürlich ist er einverstanden. Und
wenn du deine erste
Einarbeitungsphase in Hamburg hinter
dir hast, dann werde ich dein Mentor
und besuche zusammen mit dir unsere
Hotels in der ganzen Welt!»

Mona war völlig überwältigt und wusste nicht, was sie sagen sollte.
Nach einer Weile murmelte sie leise.
«Das ist immer mein größter Traum gewesen!»
Ihr Vater grinste sie spitzbübisch an.
«Vielleicht habe ich dir ja das Hotel-Gen vererbt?!»
Mona grinste unwillkürlich zurück.
«Wahrscheinlich!» Doch dann wurde sie nachdenklich.
Die Erfüllung ihres größten Traums schien auf einmal zum Greifen nahe.
Aber dann stoppte sie sich in Gedanken und dachte an ihre Mutter, die dann die Bäckerei alleine managen müsste.
Mona sah ihren Vater ernst an.
«Das ist alles sehr verlockend und ich würde liebend gerne zusagen. Aber ich kann dein Angebot leider nicht annehmen.»
Ihr Vater lächelte. «Und ich kann mir auch den Grund für deine Absage

denken. Du möchtest deine Mutter
nicht im Stich lassen, richtig?»
Mona nickte. «Das würde ich niemals
tun!»
Vermeer lächelte. «Das musst du auch
nicht. Von dem Gehalt, das ich dir
bezahle, könnt ihr euch eine Aushilfe
für die Bäckerei leisten, die deine
Mutter unterstützt. Und ich bin mir
ganz sicher, dass deine Mutter alles
dafür tun würde, dass du deine eigenen
Träume ausleben kannst!»
Mona nickte zustimmend. «Das ist
richtig.»
Ihr Vater musterte sie forschend. «Also,
bist du einverstanden?!»
Ein Strahlen ging über Monas Gesicht.
«Ja!»
Ihr Vater stand auf und sah sie an.
«Darf ich dich jetzt in den Arm
nehmen?»
Mona nickte, stand auf und umarmte
ihren Vater.

«Danke! Und du kannst sicher sein,
dass ich mir große Mühe geben werde,
damit Sven mit meiner Arbeit zufrieden
sein wird!»
Ihr Vater lächelte. «Daran habe ich nicht
den geringsten Zweifel und ich bin
sicher, dass er sich schon sehr auf die
Zusammenarbeit mit dir freut!»
Doch mit dieser Einschätzung lag
Monas Vater ganz weit daneben.

Kapitel 9

Sven hatte sich zum Brunch mit Natascha in einem angesagten Café getroffen und war richtig schlechter Laune.

Während Natascha sich die Leckereien schmecken ließ, hatte Sven keinen Blick für die Speisen, sondern regte sich auf. «Ich soll jetzt nach Hamburg und das Kindermädchen für Patricks Tochter spielen. Dabei hätten in den nächsten Wochen diverse Reisen auf meinem Programm gestanden. Ich sollte nach Singapur und nach Melbourne, um dort nach dem Rechten zu sehen. Das kann ich jetzt alles canceln und stattdessen in Hamburg zuschauen, was für Anfangsfehler eine kleine Bäckerin macht!»

Natascha warf ihm einen kurzen Blick zu und schürte seinen Unmut noch.

«Ich kann deinen Frust gut verstehen.
Und ich bin aus persönlichen Gründen
auch sauer auf die Kleine. Schließlich
hätte ich dich auf deiner Reise
begleitet!»
Sven murmelte bitter. «Daraus wird
jetzt nichts. Stattdessen kannst du mich
in good old Hamburg besuchen …
Super!»
Natascha nahm einen Schluck von
ihrem Latte macchiato und sah Sven
dann fragend an.
«Kannst du noch irgendetwas an
Patricks Entschluss drehen, dass er
seine Tochter in den Konzern einbinden
will?»
Sven schüttelte entnervt den Kopf.
«Nein, der schwebt im 7. Papa-Himmel
und ist überzeugt, dass Mona sein
Goldkind ist. Ich habe mir jahrelang
den A… aufgerissen, um dahin zu
kommen, wo ich jetzt bin. Und dieses
Dämchen bekommt alles auf dem
Silbertablett serviert!»

Natascha überlegte kurz. «Dann kannst
du eigentlich nur hoffen, dass sie sich
als unfähig für den Job erweist und
Patrick dann vielleicht doch nur zur
Einsicht kommt.»
Sven winkte frustriert ab.
«Die braucht doch nur durchblicken zu
lassen, dass sie die Tochter vom großen
Boss ist – und schon werden alle
Speichellecker Spalier stehen und ihr
attestieren, was für einen großartigen
Job sie macht!»
Natascha grinste. «Ich an ihrer Stelle
würde das jedenfalls tun!»
Sven konnte sich ein Grinsen nicht
verkneifen.
«Du bist ja auch ein cleveres Mädchen!
Mal sehen, wie clever Miss Mona ist!»
Doch eine Woche später erlebte Sven
seine erste Überraschung mit Mona.
Sie hatte sich pünktlich um 8.00 Uhr
zur ersten Besprechung mit ihm in
seinem Büro im Grandhotel getroffen
und die erste Bitte, die sie an ihn hatte,

war, dass er niemand sagen sollte, dass sie Patricks Tochter sei.

Mona schaute ihn ernst an.

«Ich will keine Privilegien. Ich will zeigen, was ich kann und keine Extra-Behandlung bekommen, weil ich die Tochter vom Chef bin!»

Sven verbarg seine Überraschung und nickte nur zustimmend. «Okay.»

Die zweite Überraschung erlebte er, als er sie jetzt genauer musterte.

Sie trug die normale Hoteluniform: Ein schwarzes Business-Kostüm mit einer weißen Bluse, beides stand ihr ausgezeichnet. Und mit ihren roten Locken und den funkelnden grünen Augen war sie eine sehr aparte Erscheinung. Nicht so luxuriös und mondän wie Natascha, aber Sven erkannte, dass Mona eine durchaus attraktive Frau war.

Sven scheuchte schnell diese unprofessionellen Gedanken aus

seinem Kopf und ging zur Tagesordnung über.

«Ihr erstes Einsatzgebiet wird die Rezeption sein. Und da wir ein Luxushotel sind, haben wir auch die entsprechenden Gäste, die manchmal auch extravagante Wünsche haben können. Selbstverständlich tun wir alles, um unsere Gäste zufrieden zu stellen. Ich denke, das ist klar, oder?»

Mona lächelte. «Natürlich.»

«Gut. Dann kommen Sie jetzt mit mir zur Rezeption und ich weise Sie kurz in den Computer ein!»

Mona nickte und verließ dann zusammen mit Sven dessen Büro. Die beiden gingen zusammen zum Aufzug. Während der Fahrt ins Erdgeschoss klingelte Svens Handy. Er ging ran und Mona konnte ihn kurz unbeobachtet mustern.

Und sie musste sich eingestehen, dass Sven wirklich gut aussah – mit seinen dunklen Haaren und blauen Augen.

Auch hatte sie heute das Gefühl, dass er
ihr nicht mehr ganz so ablehnend
begegnete, wie das in Berlin bei ihrem
ersten Treffen der Fall gewesen war.
Der Aufzug war im Erdgeschoss
angelangt und Sven beendete sein
Telefonat.
An der Rezeption stellte er Mona kurz
ihrer Kollegin Anna vor und dann gab
er ihr prägnant, aber leicht verständlich
die erste Einweisung in den
Hotelcomputer.
Mona kam damit gut zurecht, denn
während ihrer Ausbildung hatte sie
schon mit der gleichen Software
gearbeitet.
Als Sven mit seiner Erklärung gerade
fertig war, kam eine größere japanische
Reisegruppe in das Foyer. Mona hatte
sofort ihren ersten Einsatz und auch
Sven sprang mit ein, um die
Rezeptionistin Anna zu entlasten.
Sven bemerkte, dass Mona sehr
professionell und freundlich mit den

Gästen umging und sich auch durch diesen etwas größeren Ansturm nicht aus der Ruhe bringen ließ.

Im Gegenteil. Sie beantwortete alle Fragen, gab Tipps für die Abendgestaltung und war bestens informiert, was die betuchte und anspruchsvolle Kundschaft am Abend unternehmen könnte.

Das war das dritte Mal an diesem Tag, dass Sven von Mona angenehm überrascht wurde.

Um 11.00 Uhr schickte er sie in die Pause, nicht ohne ihr kurz zu sagen, dass sie ihre Sache bis jetzt sehr gut gemacht hätte.

Mona lächelte erfreut und bot Sven spontan an, doch ihr «Pausenbrot» mit ihr zu teilen, das ihr ihre Mutter mitgegeben hatte.

Sven fragte verwirrt nach.

«Pausenbrot?».

Mona lächelte. «Meine Mutter hat mir Zimtschnecken mitgegeben. Die sind

wirklich sehr lecker. Ein altes
Familiengeheimrezept!»
Sven stimmte erfreut zu und so gingen
sie zusammen in den Personalraum.
Sven organisierte zwei Tassen Kaffee
und Mona holte die Zimtschnecken aus
ihrem Spind.
Während Mona die Zimtschnecken
auspackte, musterte Sven sie
interessiert.
«Wieso wussten Sie so gut Bescheid,
was heute Abend in Hamburg los ist
und konnten den japanischen Gästen so
prima Tipps geben?»
Mona lächelte. «Ich habe gestern Abend
noch die Veranstaltungstipps im
Internet gecheckt. Ich war davon
ausgegangen, dass Gäste im
Grandhotel wahrscheinlich nicht nur
die Reeperbahn sehen wollen und
wollte gut vorbereitet sein!»
Sven nickte anerkennend und nahm
sich dann die erste Zimtstange. Und

nach dem ersten Bissen war er ehrlich
begeistert.

«Mann, schmecken die gut! Kein
Wunder, dass Sie das Rezept geheim
halten!»

Mona erwiderte stolz. «Das Rezept hat
mein Großvater entwickelt – und es
war zu seiner Zeit schon ein Renner!»
Dann fügte sie schnell hinzu. «Mit
«Großvater» meine ich natürlich den
Vater meines Adoptiv-Vaters. Ich kenne
ja bis jetzt noch niemand aus der
Verwandtschaft von Patrick ... »

Sven konnte sich ein Grinsen nicht
verkneifen. «Da geht es Ihnen
wahrscheinlich nicht viel anders als
Patrick selbst. Der ist nämlich nicht
gerade ein Familienmensch. Solange ich
ihn kenne, war er mit seiner Arbeit
verheiratet.»

Doch jetzt wurde Sven das Gespräch
fast ein bisschen zu persönlich und er
ging wieder zum Dienstlichen über.

«Wenn Sie nichts dagegen haben,
würde ich mich für den Rest des Tages
gerne aus Ihrer Betreuung ausklinken.
Ich muss dringend ein paar
Konzept-Papiere für Patrick schreiben.
Und Sie sind ja auch an der Rezeption
nicht alleine. Bei Fragen können Sie sich
jederzeit an Anna wenden.»
Mona nickte zustimmend. «Kein
Problem!»
Und dann sah sie Sven nach, der eilig
den Personalraum verließ. Und wieder
fiel ihr auf, dass er ein verdammt
gutaussehender Mann war.
Sie schlug sich diesen Gedanken sofort
wieder aus dem Kopf und ging zurück
zur Rezeption, wo Anna sichtlich
erfreut über ihre Unterstützung war.
Bis zum Ende ihrer ersten Schicht hatte
Mona alle Hände voll zu tun. Aber sie
genoss es, ihren Job gut zu machen,
und war mit Feuereifer dabei.
Die Menschen, die an der Rezeption
arbeiten, sind die Ersten nach dem

Portier, die Kontakt zu den Gästen haben. Und es war total wichtig, dass dieses Personen den Gästen das Gefühl gaben, willkommen und geschätzt zu sein.

Das hatte Mona schon während der Ausbildung gelernt und konnte es jetzt zum ersten Mal richtig anwenden. Und es machte ihr Spaß.

Das bemerkte auch Sven, der gegen Ende ihrer Schicht nach unten kam und sie bei der Arbeit beobachtete, ohne dass sie ihn sah. Ein Blick auf die Uhr sagte ihm, dass an der Rezeption jetzt Schichtwechsel war.

Er ging zur Rezeption und schaute Mona freundlich an.

«Und, wie hat Ihnen Ihr erster Arbeitstag gefallen?»

Mona strahlte ihn an. «Super!»

Sven lächelte zurück. «Dann können Sie ja jetzt zufrieden nach Hause fahren! Gefällt Ihnen eigentlich das Auto, das Patrick Ihnen gekauft hat?!»

Mona sah ihn offen an. «Das Auto, das Patrick mir kaufen WOLLTE. Ich habe es nicht angenommen, weil ich es nicht brauche. Und weil ich meinen Vater nicht als Geldmaschine betrachte, dessen Daseinszweck es ist, mich mit teuren Geschenken zu überhäufen.»
Sven war baff. Das war das vierte Mal an diesem denkwürdigen Tag, dass Mona ihn überrascht hatte.

Kapitel 10

In den nächsten Tagen arbeiteten Sven und Mona gut zusammen. Inzwischen war Sven dazu übergegangen, sie mit der Budgetplanung und Finanzkontrolle des Grandhotels vertraut zu machen.

An einem Freitag saßen sie am späten Nachmittag in seinem Büro und Mona rauchte schon der Kopf über all den Bilanzen, als Svens Handy klingelte.

Sven schaute kurz aufs Display, sah, dass Natascha die Anruferin war, und nahm das Gespräch an.

«Hi, Natascha, was gibt's?»

Mona wollte bei dem privaten Gespräch nicht stören und nutzte die Gelegenheit, sich auf der Toilette etwas frisch zu machen.

Sie ließ sich kaltes Wasser über die Handgelenke laufen, bürstete sich das Haar und machte kurz ein paar

Dehnungsübungen für ihren völlig verspannten Nacken.

Dann ging sie zurück in Svens Büro und bekam gerade noch mit, dass dieser frustriert sein Handy ausschaltete und ein mürrisches « Na, toll!» murmelte.

Mona sah ihn fragend an. «Schlechte Neuigkeiten?»

Sven brummelte unwirsch. «Natascha wollte heute Abend nach Hamburg kommen und das Wochenende hier mit mir verbringen. Aber jetzt ist ihr kurzfristig ein Fotoshooting in London dazwischen gekommen … Super. Dann hocke ich hier die ganze Zeit alleine … Na, ja vielleicht fliege ich auch nach Berlin, mal sehen ...»

Mona machte Sven spontan ein Angebot.

«Was halten Sie denn davon, wenn Sie hierbleiben und ich morgen mit Ihnen die große Hamburg-Erkundigungstour mache? Sie haben von unserer

wunderschönen Stadt doch noch gar nichts mitbekommen, weil Sie immer nur hier im Hotel sitzen und arbeiten!»
Sven fand den Vorschlag super und nahm sofort an. Aber nur unter einer Bedingung!
«Und die wäre?», fragte Mona nach.
«Dass Sie Zimtschnecken aus Ihrer Bäckerei mitbringen!»
Das sagte Mona gerne zu und so verabredeten sie sich für den nächsten Morgen. Treffpunkt 10 Uhr vor dem Grandhotel.
Als sich Mona von Sven verabschiedete, grinste sie ihn noch spitzbübisch an:
«Ich erwarte, dass Sie morgen in angemessener Kleidung auftauchen! Ich will keinen Business-Anzug sehen, okay?!»
Sven grinste spontan zurück. «Okay!»
Als Mona am Samstag schon um 8 Uhr aufstand, um zu frühstücken, wunderte sich ihre Mutter Sabine.

«Nanu, so früh schon auf? Samstags schläfst du doch gerne aus?!»
Mona winkte ab, und schmierte sich eilig ein Brötchen.
«Heute nicht. Ich habe Sven versprochen, ihm Hamburg zu zeigen. Und vorher muss ich noch in die Bäckerei und frische Zimtschnecken holen ...»
Sabine musterte ihre Tochter kurz. «Tatsächlich ...»
Insgeheim amüsiert forschte sie vorsichtig nach. «Ihr habt euch in den letzten Tagen gut verstanden, nicht wahr?!»
Mona nickte knapp. «Ja. Er ist echt netter, als ich anfangs dachte ...»
Monas Mutter fügte vorsichtig hinzu: «Und er sieht sehr gut aus ...»
Mona seufzte theatralisch. «Mom?! Er arbeitet mich ein, das ist alles!»
Dann schnappte sie sich ihre Handtasche und eilte zur Tür. «Bis heute Abend!»

Sabine sah ihr nachdenklich hinterher.
Mona war pünktlich um 10 Uhr vor
dem Grandhotel, wo Sven schon in
Jeans, Turnschuhen und Freizeithemd
auf sie wartete.
Er lächelte sie an.
«Hallo! Zufrieden mit meinem Outfit?»
Mona grinste. «Alles gut. So nehme ich
Sie mit auf die große
Hamburg-Entdeckungstour!»
Sven grinste zurück. «Ich komme nur
mit, wenn Sie die versprochenen
Zimtschnecken dabei haben!»
Mona konterte gutgelaunt. «Ich halte
immer, was ich verspreche!»
Und dann verbrachten die beiden einen
wunderschönen Tag in Hamburg. Das
Wetter spielte mit und von einem
makellos blauen Himmel strahlte eine
freundliche Sonne. Kaum ein Wölkchen
war zu sehen.
Erster Sightseeing-Punkt war ein
Besuch der Hafencity und der
Speicherstadt. Dann stiegen sie in ein

Boot, um eine Alsterrundfahrt zu
machen. Anschließend verließ Mona
die üblichen touristischen Pfade und
führte Sven zu ihrem Lieblingscafé, das
am Eingang eines kleinen Parks lag.
Hier machten sie Pause und ließen sich
die Zimtschnecken schmecken. Sven
forderte energisch eine längere Rast in
dem wunderschönen Park und Mona
stimmte zu. Gemeinsam setzen sie sich
unter einen großen Baum und ließen
ganz einfach die Seele baumeln.
Sven fühlte sich total wohl in Monas
Gesellschaft – und ihr ging es genauso.
Manchmal unterhielten sie sich über
ganz alltägliche Themen und
manchmal schwiegen sie einfach nur –
aber es war ein angenehmes Schweigen
ohne unterschwellige Spannungen.
Mona wollte die Sightseeing-Tour
gerne mit einem Ausflug nach
Blankenese beenden, doch Sven hatte
einen anderen Vorschlag. Er war
hungrig und schlug vor, im Restaurant

des Grandhotels eine leckere
Kleinigkeit zu essen.

Mona grinste. «Eigentlich stehe ich ja mehr auf Currywurst mit Pommes, als auf Sterneküche. Aber gut, ich bin kompromissfähig: einverstanden!»

Gesagt – getan!

Und so saßen sie am frühen Abend im Restaurant des Grandhotels. Sie waren die einzigen Gäste und Sven bestellte gerade Aperitifs. Für sich natürlich einen Martini.

Dann sah er Mona fragend an. «Und was darf es für Sie sein?»

Mona lächelte: «Nur ein Bier bitte!»

Sven verkniff sich einen Kommentar, was Mona durchaus mitbekam.

«Wenn ich schon auf Currywurst mit Pommes verzichte, dann will ich mir wenigstens ein schönes, kühles Bier gönnen!»

Sven grinste: «Okay, akzeptiert!»

Als die Getränke serviert wurden, sah Sven Mona direkt in die Augen.

«Nach diesem wunderschönen Tag, den
wir gemeinsam verbracht haben, finde
ich, wir sollten das steife 'Sie` bleiben
lassen und uns Duzen, okay?»
Mona nickte lächelnd. Sven fuhr fort:
«Aber wir machen es richtig. Wir
trinken Bruderschaft!»
Auch damit war Mona einverstanden.
Und so wechselte Sven den Platz und
setzte sich auf den Stuhl neben Mona.
Sie hoben ihre Gläser, verschränkten
die Arme und tranken jeder einen
Schluck. Dann stellten sie ihre Gläser ab
und küssten sich.
Zuerst berührten sich ihre Lippen nur
zart, doch dann wurde der Kuss immer
intensiver und leidenschaftlicher. Beide
versanken in dem Kuss und nahmen
ihre Umgebung nicht mehr wahr.
Das änderte sich ganz schnell, als
Natascha plötzlich vor ihrem Tisch
stand und einen bissigen Kommentar
lieferte.

«Schau an, wir sind uns wohl ein bisschen nähergekommen!»
Sven und Mona fuhren erschrocken auseinander.
Bevor einer der beiden reagieren konnte, feuerte Natascha schon ihren nächsten Giftpfeil ab.
«Und auch im Outfit haben wir uns offensichtlich angenähert!»
Mona mobilisierte alle ihre Energie, um sich zusammen zu reißen. Sie stand auf, schnappte sich ihre Handtasche und murmelte:
«Ich gehe jetzt wohl besser!»
Natascha starrte sie hochmütig an.
«Gute Idee!»
Während Mona eilig das Restaurant verließ, sah Sven Natascha zerknirscht an und äußerte zögernd: «Ich kann dir das erklären, Natascha, wirklich!»
Natascha funkelte ihn sauer an. «Ich höre!»

Kapitel 11

In der nächsten Arbeitswoche war die Stimmung zwischen Sven und Mona ziemlich angespannt. Beide hatten sich eingeredet, dass der Kuss nichts zu bedeuten hatte und dass sie nur zusammen arbeiteten – sonst nichts. Sven hatte auf die schüchterne Nachfrage von Mona, ob Natascha ihm verziehen hätte, nur mit einem knappen «Ich hoffe!» geantwortet.
Beide versuchten, sich professionell zu verhalten und ihre Gefühle füreinander aus der gemeinsamen Arbeit heraus zu halten, aber das gelang ihnen nicht wirklich. Immer wieder gab es Momente, wo ihre Blicke sich fanden und es schwer wurde, den Augenkontakt abzubrechen.
Mona besprach sich unglücklich mit ihrer Mutter Sabine.

«Ich weiß nicht, was ich machen soll! Am liebsten würde ich den Job schmeißen und dieses verfluchte Grandhotel nie mehr betreten!»
Sabine nahm Mona tröstend in den Arm.
«Mach keine Dummheiten, Kind. Du kannst doch deine ganze Zukunft nicht wegschmeißen, nur weil du unglücklich verliebt bist.»
Mona war den Tränen nahe. «Aber ich ertrage es nicht, ihn jeden Tag zu sehen und zu tun, als wäre nichts!»
Sabine sah sie mitfühlend an. «Und es gibt keine Chance, dass er diese Natascha in den Wind schießt und sich auf eine Beziehung mit dir einlässt?!»
Mona seufzte unglücklich. «Ach, Mom. Du hast Natascha noch nie gesehen. Sie ist ein Model und sieht einfach umwerfend aus. Sie hat alles das, was ich nicht habe. Stil, Klasse, Eleganz – und ihr Lieblingsessen ist ganz bestimmt nicht Currywurst mit

Pommes! Sie passt ganz einfach besser zu Sven als ich – und deshalb ist er auch mit ihr zusammen und nicht mit mir!»

Mona schleppte sich weiter zur Arbeit und war heilfroh, als es endlich wieder Freitag war. Denn für den Abend hatte sich ihr leiblicher Vater angekündigt. Angeblicher Anlass dieses Besuchs war der letzte Arbeitstag des Portiers Johannes, der nach langen Dienstjahren im Grandhotel in seinen wohlverdienten Ruhestand gehen wollte.

Das Personal war ziemlich aufgeregt, denn normalerweise erschien der Big Boss nicht zu solchen Anlässen, sondern schickte nur Blumen und ein Geschenk.

Aber Patrick Vermeer hatte diesen Dienstabschied zum Anlass genommen, um seine Tochter zu besuchen. Von Sven hatte er gehört, dass Mona darauf bestanden hatte, inkognito im Hotel zu arbeiten, und diesen Wunsch wollte er auch respektieren.

Und weil er sich so über die gute Zusammenarbeit von Sven und Mona freute, hatte er auch noch eine Überraschung für Sven dabei, von der dieser nichts wusste und die auch Mona eiskalt erwischte.

Das Personal hatte für die kleine Feier kalte Platten und Getränke im Personalraum vorbereitet.

Der Jubilar stand zum letzten Mal auf seinem Posten, öffnete den Fonds der vorfahrenden Limousine, aus der Patrick Vermeer und Natascha stiegen.

Natascha sah wie gewohnt umwerfend aus in einem Designer-Seidenkostüm und exklusiven High Heels.

Sie stöckelte elegant in das Foyer und ging schnurstracks auf die Rezeption zu, hinter der Anna und Mona Dienst hatten.

Patrick Vermeer schüttelte Johannes
kurz die Hand und folgte dann
Natascha, die bereits an der Rezeption
stand.
Natascha würdigte Mona keines
Blickes, sondern wandte sich an Anna.
«Ich möchte zu Herrn Foster. Wo kann
ich ihn finden?!»
Anna antwortete höflich, dass Herr
Foster in seinem Büro sei.
«Soll ich Sie anmelden?»
Natascha winkte hochmütig ab. «Nicht
nötig!», und ging schwungvoll
Richtung Aufzug. Nicht wenige
Männer starrten ihr hingerissen
hinterher.
Inzwischen war auch Patrick Vermeer
am Rezeptionstresen angelangt, wo er
respektvoll von Anna begrüßt wurde.
Er erwiderte den Gruß freundlich und
sprach dann gleich Mona an.
«Ich würde Sie vor der Feier gerne kurz
sprechen, einverstanden?» Dabei

zwinkerte er ihr kurz verschwörerisch zu, was aber niemand sonst bemerkte. Mona stimmte natürlich sofort zu und Vermeer schlug vor, kurz draußen ein paar Schritte zu gehen, weil er sich nach der Fahrt auch ein wenig die Beine vertreten wollte.

Mona war einverstanden und folgte Vermeer nach draußen.

Anna warf ihr einen besorgten Blick zu und formte mit ihren Lippen ein unhörbares «toi, toi, toi», was Mona mit einem beruhigenden Lächeln erwiderte. Draußen lächelte ihr Vater Mona an. «Ich habe von Sven gehört, dass du nicht wolltest, dass deine Kollegen wissen, dass du meine Tochter bist. Und weil ich deine Deckung nicht auffliegen lassen wollte, habe ich ein bisschen Theater gespielt ...»

Mona lächelte zurück. «Das war sehr nett von dir!»

Gemeinsam gingen die beiden in einen kleinen Park nahe des Grandhotels und unterhielten sich. Ihr Vater erkundigte sich, ob ihre Mutter mit der neuen Aushilfe in der Bäckerei gut klar kam, was Mona bestätigte.

Ihr Vater sah sie direkt an. «Vermisst du die Arbeit in der Bäckerei?»

Mona antwortete ehrlich. «Vielleicht ein ganz kleines bisschen. Aber die letzten Wochen hier im Grandhotel haben mir großen Spaß gemacht und ich habe sehr viel gelernt.»

Monas Vater lächelte. «Das habe ich auch von Sven gehört. Er ist begeistert, wie schnell du dich eingearbeitet hast!»

Mona nickte nur unverbindlich.

Dann fuhr ihr Vater fort: «Da Sven und du ein so gutes Team seid und da ich denke, dass deine erste Ausbildungsphase in Hamburg jetzt beendet werden kann, habe ich mir überlegt, dass ich dich als Nächstes zusammen mit Sven nach Mailand schicke, wo wir gerade ein Hotel übernommen haben.»

Unwillkürlich rutschte Mona ein «Bitte nicht»!» heraus. Im nächsten Moment schon wünschte sie sich, sie hätte diese zwei Worte nie gesagt.
Ihr Vater hakte natürlich sofort verwundert nach. «Wieso möchtest du das nicht?»
Mona schwieg zögernd und wusste nicht, was sie sagen sollte. Ihr Vater schaute sie forschend an.
«Hast du Bedenken, deine Mutter alleine zu lassen?»
Mona schüttelte den Kopf. «Nein, das ist es nicht!»
«Was dann?!», fragte ihr Vater nach.
Mona zögerte noch einen Moment und beschloss dann, einfach die Wahrheit zu sagen.
«Weil ich mich in Sven verliebt habe. Weil ich weiß, dass so etwas komplett unprofessionell ist und ich mich selbst dafür hasse. Und weil es Natascha gibt!»

Mona starrte unwohl zu Boden,
während ihr Vater sich das Gesagte
durch den Kopf gehen ließ.
Patrick warf Mona von der Seite einen
verständnisvollen Blick zu. Dann
merkte er behutsam an:
«Mir scheint, von allen Argumenten,
die du aufgezählt hast, beschäftigt dich
das letzte am meisten, oder nicht?»
Das musste Mona unglücklich zugeben.
Ihr Vater sah sie offen an. «Nun, wenn
ich eines in meiner langen Karriere
gelernt habe, dann ist es die Tatsache,
dass es für jedes Problem eine Lösung
gibt und ich verspreche dir, ich werde
auch für dieses Problem eine finden!»
Er schaute auf die Uhr und meinte
dann, sie sollten jetzt lieber
zurückgehen, denn Johannes und seine
Gäste würden sicher schon auf sie
warten.
Mona stimmte zu und gemeinsam
machten sie sich auf den Rückweg.

Wieder im Hotel angekommen, ging
Mona sofort Richtung Rezeption.
«Ich will noch mal eben nach Anna
schauen, sie hat netterweise heute den
Abenddienst übernommen, damit ich
zu der Feier kann!»
Vermeer nickte und bekam aus dem
Augenwinkel noch mit, dass Anna
einen ziemlich aufgelösten Eindruck
machte.
Dann ging er eilig zum Personalraum.
Als Vermeer den Raum betrat, suchte er
nach Sven und fand ihn im angeregten
Gespräch mit Johannes in einer Ecke
stehen. Er suchte weiter nach Natascha
und entdeckte sie am Getränkestand,
wo sie von diversen Bewunderern
umgeben war und deren
Aufmerksamkeit sichtlich genoss.
Vermeer bat kurz um Gehör und hielt
dann eine kleine Ansprache für den
Jubilar, der sich sichtlich sehr über die
freundlichen Worte freute.

In der Zwischenzeit hatte Anna am
Tresen Mona aufgelöst berichtet, dass
sie einen Anruf ihres Babysitters
bekommen hatte. Ihr kleiner Sohn
Yannik hatte hohes Fieber und weinte
nach seiner Mama.
Mona bot sofort an, Annas
Abendschicht zu übernehmen. Anna
zögerte, doch Mona schickte sie mit den
Worten «Das ist doch
selbstverständlich!» resolut nach
Hause.
Anna akzeptierte das Angebot dankbar
und eilte nach draußen, während Mona
das läutende Telefon abnahm.
Im Personalraum hatte inzwischen eine
kleine Band aufgebaut, ein
Abschiedsgeschenk, dass die
Mitarbeiter dem dienstältesten Portier
gemacht hatten, und die ersten
Tanzpaare betraten die improvisierte
Tanzfläche.
Während Natascha sich mit ihren
Verehrern auf der Tanzfläche

vergnügte, glitten Svens Augen suchend durch das Gewühl, was Patrick Vermeer nicht entging.

«Wen suchst du denn?», erkundigte er sich betont harmlos.

Svens Antwort war kurz. «Mona! Sie hat sich sehr gut mit Johannes verstanden und deshalb verstehe ich nicht, weshalb sie nicht hier ist ...»

Die Antwort von Patrick Vermeer war deutlich.

«Vielleicht möchte Sie deiner Freundin Natascha nicht unbedingt begegnen ...»

Sven starrte Patrick irritiert an. «Wieso, was hat Mona dir erzählt?!»

Vermeer antwortete ruhig. «Das solltest du sie vielleicht besser selbst fragen!»

Sven schaute kurz zu Natascha, die offensichtlich völlig in ihrem Element war und knurrte unwirsch.

«Dafür müsste ich sie erst einmal finden!»

Vermeer grinste. «Vielleicht fragst du ja einfach mal an der Rezeption nach.

Unsere Rezeptionsmitarbeiter wissen normalerweise auf jede Frage eine Antwort ...»

Sven schaute Vermeer verwundert an, ging dann aber zur Rezeption, ohne Natascha und ihre Verehrer eines weiteren Blicks zu würdigen.

An der Rezeption sah er zu seinem Erstaunen Mona bei der Arbeit, die gerade einem älteren Ehepaar die Schlüssel aushändigte.

Sven trat näher und als das Ehepaar zum Aufzug ging, schaute er Mona irritiert an.

«Wieso stehst du hier immer noch, du hattest doch schon die Frühschicht?»

Mona erklärte kurz, dass Anna wegen ihres kranken Jungen nach Hause musste und sie dafür eingesprungen sei.

Sven schaute sie direkt an, was Mona total verwirrte. Sie schaute weg und beschäftigte sich intensiv mit dem Computer.

Sven hakte nach.

«Mona, was ist los?»

Mona zuckte angespannt mit den Schultern. «Nichts ... alles okay.»

Doch Sven blieb hartnäckig.

«Patrick meinte vorhin zu mir, du möchtest Natascha nicht begegnen. Stimmt das?!»

Mona fingerte zunehmend nervöser am Computer herum und schwieg überfordert.

Sven hob behutsam ihr Kinn nach oben, so dass sie ihm in die Augen schauen musste. Und in diesem Moment war sie verloren und alles platzte aus ihr heraus.

«Ja, Patrick hat recht. Ich will Natascha nicht sehen, weil ich es nicht ertragen kann, wenn du mit ihr zusammen bist. Und wenn wir schon beim Klartext reden angelangt sind, dann kann ich dir auch gleich sagen, warum das so ist. Weil ich mich in dich verliebt habe!»

Atemlos hielt Mona inne und sah Sven
aufgewühlt an.

«Und jetzt kannst du zu deiner
Natascha gehen und zusammen mit ihr
über die doofe Mona lachen, die
selbstgestrickte Pullover anhat und
weder Glamour noch Sexappeal
besitzt!»

Mona war den Tränen nahe. Doch Sven
reagierte nicht so, wie sie es befürchtet
hatte. Im Gegenteil.

Er kam hinter den Tresen und nahm sie
liebevoll in seine Arme.

«Dummerchen. Mir geht es doch ganz
genauso. Ich habe mich auch total in
dich verknallt!»

Mona schaute ihn ungläubig an.

«Wirklich?»

«Wirklich!», bestätigte Sven und dann
versanken die beiden in einem langen,
zärtlichen Kuss.

Drei Monate später standen Sabine und
Patrick Vermeer am Flughafen und
verabschiedeten sich von Sven und

Mona, die zusammen nach Mailand
flogen, um sich dort um das neu
erworbene Hotel zu kümmern.
Sven und Mona waren total verliebt
und so glücklich, als würden sie zu
ihrer Hochzeitsreise antreten.
Zum Abschied wies Patrick Vermeer
die beiden gespielt streng darauf hin,
dass die nächste dienstliche Reise mit
Mona für ihn reserviert sei. Er wolle
mit ihr das Hotel auf den Bahamas
besuchen!
Mona und Sven stimmten lächelnd zu
und mussten jetzt wirklich los, weil der
letzte Aufruf für ihren Flug gerade
durch den Lautsprecher kam.
Als die beiden nach einem letzten
Winken verschwunden waren, schaute
Patrick Vermeer Sabine eindringlich an.
«Es ist das Verdienst von Ihnen und
Ihrem Mann, dass aus diesem winzig
kleinen Baby, das ich vor 21 Jahren zur
Adoption frei gegeben habe, so eine

tolle junge Frau geworden ist. Dafür
danke ich Ihnen von ganzem Herzen!»
Sabine war total gerührt und
antwortete ehrlich:
«Und ich bin sehr froh darüber, dass
Sie Mona gesucht und gefunden haben
und wünsche Ihnen noch viele
glückliche Tage mit ihr!»